屁屁偵探

隨時隨地都很冷靜。
喜歡熱騰騰的飲料和甜甜的點心
（特別是地瓜派）。
興趣是享受午茶與閱讀。
口頭禪是「嗯哼，有可疑的氣味喔」。

布朗

屁屁偵探的助手。
個性率真，但也經常因為
High過頭而粗心大意。

店長

咖啡店「幸運貓」的老闆。
消息十分靈通。很相信會帶來幸運的
各種吉祥飾品。擅長廚藝，能做出
無敵好吃的地瓜派。

小鈴

店長的女兒。
不拘小節、個性爽朗的帥氣女生，
好勝心強。興趣是搖滾樂及拳擊
（不僅觀賞，還會去親身體驗）。

屁屁偵探 _{讀本}

咖哩香料事件

屁屁偵探
你真的很喜歡
地瓜耶。

像是包覆著舌頭般的
醇厚口感,真是讓人
無法抗拒啊。

文・圖＝Troll　　譯＝張東君

遠流

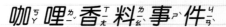

咖ㄎㄚ哩ㄌㄧ香ㄒㄧㄤ料ㄌㄧㄠ事ㄕ件ㄐㄧㄢ

某ㄇㄡ個ㄍㄜ風ㄈㄥ和ㄏㄜ日ㄖ麗ㄌㄧ的ㄉㄜ下ㄒㄧㄚ午ㄨˇ，
屁ㄆㄧ屁ㄆㄧ偵ㄓㄣ探ㄊㄢ和ㄏㄜ布ㄅㄨ朗ㄌㄤ正ㄓㄥ悠ㄧㄡ閒ㄒㄧㄢ的ㄉㄜ在ㄗㄞ
「幸ㄒㄧㄥ運ㄩㄣ貓ㄇㄠ」咖ㄎㄚ啡ㄈㄟ店ㄉㄧㄢ裡ㄌㄧ
享ㄒㄧㄤ受ㄕㄡ下ㄒㄧㄚ午ㄨˇ茶ㄔ。

然後門打開了， 走進來一個
手上大包小包、 拿著許多購物袋
的男人。

你好啊， 店長。

歡迎， 帕歐多先生。
你剛剛去採買店裡要用
的東西嗎？ 終於只剩
一星期就要開幕了呢！

3

「有新的店要開幕啊？！」
一旁布朗聽了，非常感興趣的
提問。
「帕歐多先生開的不是一般店面，
是餐車型態，他要開新的
咖哩店喔。」
店長回答。

請給我
印度奶茶

店家的店

蔬菜專

沙威瑪 先生

餐車可以到各個地方去
製作食物並販賣喔。

「然後那家新店要推出的
飲料，是『我們『幸運貓』研發
特製的喔！」
小鈴很自豪的說。
「真是謝謝店長的照顧。」
帕歐多邊說，邊低下頭
鞠躬。

這是雙方共同
合作。拉西是
一種優酪乳飲料喔！

幸運拉西

拉西

紅白兩色珍珠

這是店長精心
製作的吧……

「話說回來，你有買到
那個香料嗎？那是很難買到的
珍貴香料對吧？」
店長關心的問。
「是啊。剛剛總算買到了呢。
那叫做辛辣踢粉，是我製作
咖哩時不可或缺的香料喔。」
帕歐多很開心的說。

那是香料店裡的
最後一瓶。
加入辛辣踢粉
後，吃到最後
會辣辣的。

「哦──。 放了珍貴香料的
咖哩啊！ 真想吃吃看呢。」
布朗這樣對屁屁偵探說。
「嗯哼⋯⋯。 是、 是這樣呢⋯⋯」

探頭往購物袋裡看的帕歐多
突然大聲叫了起來。

咦？ 香料怎麼
不見了！

帕歐多臉色發白的把購物袋裡的
東西全部倒了出來，
就連包包和衣服的口袋
也都翻開來找。

不見了！ 香料不見了！
沒有香料的話， 店就
開不成了啊啊啊啊！

受到過度驚嚇，帕歐多
竟昏了過去。
「糟、糟糕，大事不好了！」
店長把帕歐多帶到後面的
房間，讓他好好休息。

9

「可能是在採買的途中掉了。現在趕緊回頭去找的話，也許馬上就會找到呢？」小鈴說。

走回來的店長也說話了。
「帕歐多先生每天都在鑽研咖哩的味道，非常的努力。我也拜託您。」

香料著重平衡

香料最重要的就是香氣

好好的煮沸

爸爸加油

帕歐多的女兒

噗呼喔

喔喔喔喔喔喔

這也太辣了！！

「嗯哼，我知道了。這件事
就交給我吧。我一定會把香料
找出來的。」

說不定可以
吃到咖哩當成
謝禮？！

「那麼，我們走了！」
充滿幹勁、迫不及待就想
往外走的布朗，被屁屁
偵探叫住。

等一下！

急停

「首先要從帕歐多先生的東西，
推理出帕歐多先生到這裡來
之前去過的地方。」

脖子好痛

「這種事有辦法做到嗎？！」

要調查什麼東西，
才能夠推理出帕歐多先生
走過的路線呢？

嗯哼，沒錯。就是收據。

「只要調查收據，就可以知道他去哪幾家店買過東西。
小鈴小姐，可以跟你借一下小鎮的地圖嗎？」
小鈴把地圖攤開在桌上。

收據的內容

蔬菜專賣店
○月△日
12點5分
洋蔥　　338
胡蘿蔔　580
馬鈴薯　640

龍香料
○月△日
10點30分
辛辣喝粉 10080
孜然　　800
薑黃　　500

店家的店
○月△日
11點28分
咖哩醬　2000
杯子　　1000
湯匙　　800
旗子　　2000

好喔！

就以收據為線索，來推理看看帕歐多先生所經過的路線吧。

● 約克夏廚房

● coffee

● bakery　● Book　● 幸運貓

● flower　● 甜蜜糖果鋪　● Fox CAKE

● 蔬菜專賣店　● 鴿子郵局

● 什麼都有超市

● 蝸牛宅急便

● 高爾夫用品店 G

● 龍香料

● CAKE

● 家燕工程

● 店家的店

店鋪 MAP

沒錯。從收據上面顯示的時間，可以知道他購買東西的順序是「龍香料」、「店家的店」、「蔬菜專賣店」。

他的路線
應該是
這麼走的吧。

「換句話說，香料掉在這條路線某個地方的可能性非常高。」

從幸運貓到
龍香料到回去
走一趟看看。

屬害，不愧是屁屁偵探！

屁屁偵探和布朗立刻出發去找遺失的香料。

仔細在路上找來找去的時候，
聽到「咦？好久不見啊。」的
問候聲。

「哇啊！紫衣夫人！」
布朗很開心的跟對方
打招呼。
「上次真是多虧您了。
謝謝您幫我找到祖先留下來的
寶物。 話說回來，
你們在找什麼呢？」

我的女兒們
也很想見
屁屁偵探呢。

我是小芋。

我是小小芋。

屁屁偵探說明了他們在尋找失物的事。

要是帕歐多先生的話，我剛有看到喔。他被一個跑過來的人撞到，摔了一跤。

那個時候有星星咻——的飛了過去呢！

不可能會發生那種很像漫畫情節的事啦。

19

屁屁偵探和布朗跟紫衣夫人
道別，繼續尋找香料。
也走進「蔬菜專賣店」裡面去找。
可是，香料不在那裡。

再次回到路上找的時候，
「怎麼啦？ 在找東西嗎？」
又有人跟他們說話。
看過去， 發現是馬爾濟斯局長。
屁屁偵探說明了他們在尋找
失物的事。

呵哦──！加了珍貴香料的咖哩，我也想吃吃看。無論如何一定要找到啊！

可以順便……幫忙找找我的高爾夫球嗎？我的購物紙袋居然破了一個洞！原來總共有5顆球呢！

GOLF

現在沒有找高爾夫球的空閒啦──

屁屁偵探和布朗跟馬爾濟斯局長說了再見，繼續尋找香料。

22

他們也進去「店家的店」，在裡面
尋找。可是，香料不在那裡。
再次回到路上找的時候，
「您好！前陣子承蒙您
幫我們守住寶物，才沒有被
怪盜Ｕ偷走，真是太感謝了！
您在找什麼東西嗎？」
又有人跟他們說話。

看過去，發現是考布蕾子和羔特。
屁屁偵探說明了他們在尋找
失物的事。

帕歐多先生時不時會開著餐車
來我們宅邸喔。 等他的咖哩店
開張後， 一定要請他來。

要⋯⋯要是能找到
你們正在找的東西
就好了呢⋯⋯

這麼大疊的書，
是羊柳先生的
點心嗎⋯⋯

向考布蕾子他們道別後，
繼續尋找香料。

SALE

店家的店

楊巴斯汀
不在呢
……

你思念的人
可能會出現。

25

也進去「龍香料」，
在店裡面尋找。可是，
香料不在那裡。

屁屁偵探為了以防萬一，打電話
到汪汪警察局去詢問，
但是並沒有人撿到
香料送過去。

您今天不是休假嗎？

有沒有人撿到
高爾夫球送過來？

咕嚕
咕嚕

「唉，我們這麼仔細的找，居然
都還找不到……」
布朗嘆了一口氣。
「嗯哼，還有一個可能，
就是有人撿到了香料，
卻把它帶走了。」

「是這樣嘛！ 可是我們完全
不知道誰撿到香料， 根本就是
束手無策。」
布朗覺得很沮喪。

為什麼不送去
警察局呢？

「嗯哼， 布朗。 其實還有其他的
線索喔。 你回想一下我們一路上
遇到的人所說過的話。」

真的嘛！

還真是悲喜
交集啊。

所謂悲喜交集是
一下子悲傷一下
感到開心。

你覺得哪一個人說的話能夠成為線索？

紫衣夫人

要是帕歐多先生的話，我剛有看到喔。他被一個跑過來的人撞到，摔了一跤。

那個時候有星星咻——的飛了過去呢！

馬爾濟斯局長

呵哦——！加了珍貴香料的咖哩，我也想吃吃看。無論如何一定要找到啊！

考布蕾子

帕歐多先生時不時會開著餐車來我們宅邸喔。等他的咖哩店開張後，一定要請他來。

沒錯。 就是紫衣夫人。

「當帕歐多先生摔跤的時候，
香料掉了出來， 然後有人
撿走了它。
紫衣夫人的女兒看到的星星，
應該就是裝香料的罐子吧。」

屁屁偵探和布朗回到了
紫衣夫人看到帕歐多先生
的地方。

「嗯哼， 那裡有個正在
畫素描的人呢。 他剛剛也在那個
地方， 可能有看到什麼。」
屁屁偵探走去問那名正在
畫素描的男人。
「 我記得我好像有畫到人被撞到
跌跤的圖⋯⋯」
雅卡爾啪啦啪啦的翻著
他的素描本。

31

嗯哼，在被撞到的時候掉出的香料，消失去哪裡了呢？

裝著香料的罐子形狀就是線索。

撞到的時候

撞到之前和
之後的狀態都
畫得很清楚呢。

繪畫的基本
就是要
正確的素描。

撞ㄓㄨㄤˋ到ㄉㄠˋ了ㄌㄜˇ之ㄓ後ㄏㄡˋ

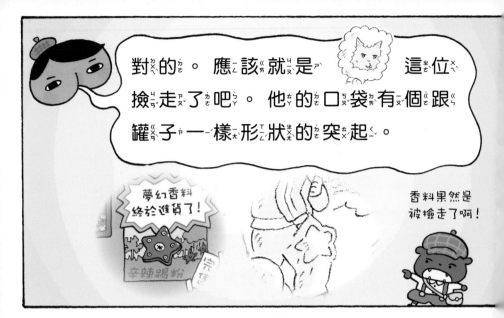

對的。應該就是 這位撿走了吧。他的口袋有個跟罐子一樣形狀的突起。

夢幻香料終於進貨了！

辛辣踢粉

香料果然是被撿走了啊！

「啊啊。那是艾爾帕西。
我經常看到他
在危險大街一帶出沒。」
雅卡爾說。

嗯哼，有可疑的氣味呢。

屁屁偵探和布朗
為了要找到艾爾帕西
問話，前往危險大街。

「你好，可以請問一下嗎？」

當屁屁偵探問他話時，

艾爾帕西說：「什、什麼？」

肩膀不禁抖了一下，身體也縮緊了

一點。

「帕歐多先生的香料，

是你撿到的吧？

那是很珍貴的東西耶！」

布朗拚命的說明。

星星形狀的
罐子喔！

「那個罐子嗎？ 我有撿到喔。」
艾爾帕西拿出了口袋裡面的
罐子， 交給布朗。
「抱歉， 抱歉。 我忘記我有
撿到這個。 請幫我還給那個什麼
帕歐多先生吧。」

哇啊，太好了。謝謝！

39

「掰啦——！」對著邊這樣說
邊想要轉身走開的艾爾帕西，
屁屁偵探靜靜的說了。
「等一下。還有一樣東西
需要你歸還喔……」

「帕歐多先生明明買了很多東西，
卻有一樣沒在他那裡。 我認為
可能也是你撿到了呢。」
「什麼？！ 光說是某樣東西，
我怎麼可能會知道！ 到底是什麼，
你說說看啊！」

噗咻

嗯哼， 各位讀者應該
知道是什麼吧。 請回想
一下帕歐多先生
隨身帶的東西。

仔細檢查第13頁看看吧。

是什麼呢？

沒錯，錢包。帕歐多先生隨身帶的東西之中少了錢包。明明就是去採買，卻沒有帶錢包不是很奇怪嘛。

艾爾帕西緊緊壓住胸前的口袋。
「我才沒有撿到什麼綠色的錢包呢！！」

「嗯哼，真奇怪。我只有說
錢包而已喔。你怎麼會連顏色
都知道呢？」
在發出「嗚咕咕」的呻吟聲
之後，艾爾帕西想要逃走。

快把錢包
還來——！

「你還真是不死心呢。
那就沒辦法了。
請容我失禮了……」

哇——！

哇！

43

「嗯——哼，錢包
也請你還來。」

「好……臭……啊……」

好臭……
好腥臭……

艾爾帕西被汪汪警察局的
刑警們帶走了。

真是
對不起……

居然做這種
偷雞摸狗的事，
給我好好反省！

屁屁偵探和布朗帶著
找回的香料回到
「幸運貓」咖啡店。
帕歐多已經恢復意識，
對屁屁偵探這樣表示。
「真是非常感謝，讓我的店可以
順利開張！請一定要讓我用
加了這種香料的咖哩
來表達我的謝意。」

我也會準備好
飲料的！

「幸運貓」店內瀰漫著一股濃濃的咖哩香氣。
「讓你們久等了——！」
「哇啊——。好香啊。」
「看起來好好吃！」

48

布ㄅㄨˋ朗ㄌㄤˇ大ㄉㄚˋ口ㄎㄡˇ大ㄉㄚˋ口ㄎㄡˇ的ㄉㄜ˙吃ㄔ著ㄓㄜ˙咖ㄎㄚ哩ㄌㄧ。

「嗯ㄣˊ！ 真ㄓㄣ的ㄉㄜ˙很ㄏㄣˇ好ㄏㄠˇ吃ㄔ。

舌ㄕㄜˊ頭ㄊㄡ˙感ㄍㄢˇ受ㄕㄡˋ到ㄉㄠˋ的ㄉㄜ˙辣ㄌㄚˋ度ㄉㄨˋ會ㄏㄨㄟˋ讓ㄖㄤˋ人ㄖㄣˊ上ㄕㄤˋ癮ㄧㄣˇ，

一ㄧˋ口ㄎㄡˇ接ㄐㄧㄝ一ㄧˋ口ㄎㄡˇ的ㄉㄜ˙停ㄊㄧㄥˊ不ㄅㄨˊ下ㄒㄧㄚˋ來ㄌㄞˊ。

對ㄉㄨㄟˋ吧ㄅㄚ˙， 屁ㄆㄧˋ屁ㄆㄧˋ偵ㄓㄣ探ㄊㄢˋ！」

可ㄎㄜˇ是ㄕˋ， 屁ㄆㄧˋ屁ㄆㄧˋ偵ㄓㄣ探ㄊㄢˋ並ㄅㄧㄥˋ沒ㄇㄟˊ有ㄧㄡˇ回ㄏㄨㄟˊ答ㄉㄚ。

「 屁ㄆㄧˋ屁ㄆㄧˋ偵ㄓㄣ探ㄊㄢˋ？」

當ㄉㄤ布ㄅㄨˋ朗ㄌㄤˇ看ㄎㄢˋ向ㄒㄧㄤˋ屁ㄆㄧˋ屁ㄆㄧˋ偵ㄓㄣ探ㄊㄢˋ

的ㄉㄜ˙時ㄕˊ候ㄏㄡˋ……

躺著休息一陣子後，
屁屁偵探醒了。
「嗯哼，已經沒問題了。 其實
我沒辦法吃辣的東西， 上次吃
咖哩的時候， 我還是小孩子呢。
我以為自己長大後，
能夠吃辣了。 真是讓大家
看笑話了。」

真是
太好了－！

呼－

「早點跟我們說你沒辦法吃辣就好了呀。真是被你嚇了一大跳！」小鈴說。
「因為我怕說了以後，好像在對新開的店潑冷水，所以就很難說出口啊。」

你喝一下拉西吧！
會感覺沒那麼辣！

這麼說起來，的確有個地方，屁屁偵探的樣子有點奇怪……。各位讀者記得在哪裡嗎？

嗯哼，有可疑的氣味喔。

對了！是在我說想要吃咖哩的時候呢。

雜誌拿反了吧。
一定是內心太慌張了。

就在那個時候，帕歐多好像
有了什麼靈感的說：
「在我的店開張以後，請一定
要來喔。」之後，就從
「幸運貓」跑了出去。

店家的店

蔬菜專賣店

咕嘟

原來屁屁偵探
也有不拿手
的事情呢……

一星期後，屁屁偵探一行人
前往帕歐多先生的店。
店才開張就吸引許多顧客，
十分熱鬧。
「就連那麼小的小孩也吃得
津津有味呢。不會辣嗎？」
布朗說。

「都是託屁屁偵探的福，
才增加了新的菜色。
這個口味連小朋友都很喜歡呢！」
帕歐多拿了一份咖哩給
屁屁偵探。

「這是地瓜咖哩。
在我想把屁屁偵探最喜歡的
東西做成咖哩時想到的。」

地瓜是用紫衣夫人
的黃金地瓜喔。

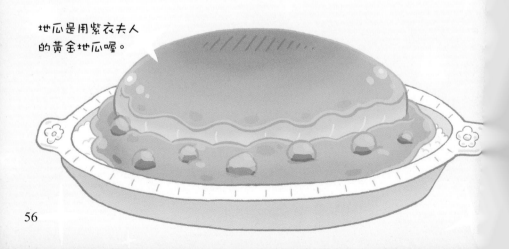

大口吃……

屁屁偵探小心翼翼
的把咖哩湊到嘴邊。
「嗯哼嗯！好好吃！
雖然有一點點麻麻的感覺，
卻完全不會辣。這樣的話，
我也能夠吃了。」

在ㄗㄞˋ湛ㄓㄢˋ藍ㄌㄢˊ的ㄉㄜ˙晴ㄑㄧㄥˊ空ㄎㄨㄥ下ㄒㄧㄚˋ，
屁ㄆㄧˋ屁ㄆㄧˋ偵ㄓㄣ探ㄊㄢˋ一ㄧˋ行ㄒㄧㄥˊ人ㄖㄣˊ
盡ㄐㄧㄣˋ情ㄑㄧㄥˊ享ㄒㄧㄤˇ受ㄕㄡˋ美ㄇㄟˇ味ㄨㄟˋ的ㄉㄜ˙咖ㄎㄚ哩ㄌㄧ。

滑順甘甜一

咖哩好辣

咖

MENU

OPEN

59

咖哩香料事件
～完結～

尋找隱藏在故事裡的金色屁屁！

下面是書中隱藏問題的答案喔！

第23頁
尋找3個屁屁

第26頁
尋找金色屁屁！

第35頁
尋找3個屁屁

第36-37頁
尋找6個屁屁

第58-59頁
尋找5個屁屁！

屁屁偵探 讀本 咖哩香料事件
文‧圖／Troll
譯／張東君

主編／張詩薇　美術設計／郭倖惠
總編輯／黃靜宜　行銷企劃／叢昌瑜
發行人／王榮文
出版發行／遠流出版事業股份有限公司
地址：台北市100南昌路二段81號6樓
電話：(02) 2392-6899　傳真：(02) 2392-6658
郵政劃撥：0189456-1
著作權顧問／蕭雄淋律師
輸出印刷／中原造像股份有限公司
□2020年4月1日　初版一刷　　□2020年4月25日　初版三刷
定價280元
若有缺頁破損，請寄回更換
有著作權‧侵害必究　Printed in Taiwan
ISBN 978-957-32-8746-9

遠流博識網　http://www.ylib.com　E-mail: ylib@ylib.com

花嘴鴨家族的七兄弟

馬爾濟斯局長的高爾夫球

第17頁也有問題，
請找屁屁喔

國家圖書館出版品預行編目 (CIP) 資料

屁屁偵探讀本：咖哩香料事件 / Troll文.圖；
張東君譯. -- 初版. -- 臺北市：遠流, 2020.04
64面；21×14.8公分
ISBN 978-957-32-8746-9(精裝)
861.59　　　　　　　　　　109002985

News 新聞報

今日的天氣
幸運拉西
開賽了

6 9 12 15 18 21時

奇讀咖哩誕生！
連那位名偵探也成為俘虜……

連日來前幻先生樣對記來先生叢林中出來的前來品嘗的咖哩專賣店「咖哩吸引客人絡繹不絕，爭相

幻先生。「味道的關鍵在於夢的香料「辛辣踢粉」。這樣對記者表示的是店主帕歐多

先生（42歲）。香料的原料是來自那座最近有寶藏被發現的

叢林中開的花。有了它所烹煮出來的咖哩料理，是只要吃過

一次就會上癮，令人讚不絕的美味，透過鎮民們口耳相所引發的熱潮，簡直可眼睜睜散發出的熱度相比呢。